JN217231

水中翼船炎上中

穂村弘

講談社

水中翼船炎上中

目次

装幀　名久井直子

水中翼船炎上中

出発

お天気の日は富士山がみえますとなんどもなんどもきいたそらみみ

蛍光灯のひかりの下で夢をみる夜の御飯はもうじきなのに
なんとなく次が最後の一枚のティッシュが箱の口から出てる

新緑の光る夜にして画面にはおでこに冷えピタ貼っている棋士

長靴をなくしてしまった猫ばかりきらっきらっと夜の隙間に

みつあみを習った窓の向こうには星がひゅんひゅん降っていたこと

窓ひとつ食べて寝息をたてているグレーテルは母の家を忘れて

本書は、『シンジケート』（沖積舎）、『ドライドライアイス』（沖積舎）、『手紙魔まみ、夏の引越し（ウサギ連れ）』（小学館）に続く四冊目の個人歌集になります。他に選集『ラインマーカーズ』（小学館）等があります。

収録した歌の総数は三二八首です。（いずれも選集等を除く個人歌集未収録作品）

装幀は名久井直子さんにお願いしました。
本体の表紙のデザインは構成要素が微妙に異なる3×3＝9パターンあります。

（裏）

a

b

c

（表）

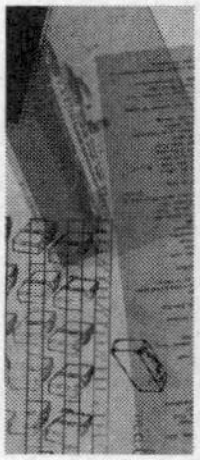

A

B

C

表と裏の組み合わせは、Ａａ、Ａｂ、Ａｃ、Ｂａ、Ｂｂ、Ｂｃ、Ｃａ、Ｃｂ、Ｃｃの9パターンです。

なお、「デザインのモチーフは船、旅、時間。裏表紙に描かれたロープはマリンノットと呼ばれる結び方の一種で、見返し部分の用紙はＯＫミューズマリンという名前です」（名久井直子）とのこと。

『水中翼船炎上中』メモ

穂村　弘

垂直に壁を登ってゆく蛇を見ていた熱のある誕生日

口内炎大きくなって増えている繰り返すこれは訓練ではない

自転車のベルがふたりを映しだす夜の百万遍交叉点

カゴをとれ水を買うんだ真夜中のローソンに降る眩しい指令

コンビーフはなんのどういう肉なのか知ろうとすれば濡れた熱風

助けてと星に囁く最悪のトイレットペーパーと出会った夜に

何もせず過ぎてしまったいちにちのおわりににぎっている膝の皿

ここに来てならんで夜の絨毯に散らばっているスリッパをみよう

描きかけのゼブラゾーンに立ち止まり笑顔のような表情をする

電車のなかでもセックスをせよ戦争へゆくのはきっと君たちだから

金ならもってるんだ金なら真夜中に裸で入るセブンイレブン

オルゴールが曲の途中で終わってもかまわないのだむしろ普通

なんだろうときどきこれがやってくる互いの干支をたずねる時間

助手席のドアが開けば銀杏《ぎんなん》の匂うラビリンスが流れ込む

二度三度噛みついているおにぎりのなかなか中身の具が出てこない

太陽にSuicaが触れて月となる朝いや夜か　出発の歌

レインコートをボートに敷けば降りそそぐ星座同士の戦《いくさ》のひかり

あのバスに乗ったらどこへ着いたのと訊かれて駅と答える冬の

冷蔵庫のドアというドアばらばらに開かれている聖なる夜に

猫はなぜ巣をつくらないこんなにも凍りついてる道をとことこ

ふたまたに割れたおしっこの片方が戒厳令の夜に煌めく

ひとつとしておなじかたちはないという結晶たちに襲われる夜

宇宙船のマザーコンピュータが告げるごきぶりホイホイの最適配置

もうそろそろ目覚まし時計が鳴りそうな空気のなかで飲んでいる水

白い息吐いて坂道さくさくとしもばしらしもばしらすきです

硝子越しに電話で話すまんまるな毛糸の帽子が頷いている

夕闇の卓に転がる耳掻きの先にちいさな犬が乗ってる

苦しいよ死にたいという書き込みに生きてとコメントする天使あり

埋立地で拾った猫がレフ板の上でねむれば墜ちてくる雪

血液型が替わったひとと散歩する春は光の渦を跨いで

おまえ何を探してるのとあかときの台所の入り口に立つ影

楽しい一日

食堂車の窓いっぱいの富士山に驚くお父さん、お母さん、僕

全員がアトムとウランの髪型の入学式よ光るはなびら

食卓で足をぶらぶら窓からは眩しい庭の光がみえる

スパゲティとパンとミルクとマーガリンがプラスチックのひとつの皿に

おとけいのかおがよめないおともだちひとかたまりにあつめられてる

五組ではバナナはおやつに入らないことになったぞわんわんわんわ

水筒やリュックや帽子の色がみえかくれしている朝靄のなか

遠足のおにぎりここで食べようかあっちがいいか　吹いている風

水筒の蓋の磁石がくるくると回ってみんな菜の花になる

席替えが理解できずに泣きながらおんなじ席に座っています

湖と沼のちがいはなんですか答えられない学級委員

かけられる方もげらげら笑ってて回り続けるジャイアントスイング

ハイドンの羊あたまの肖像を見上げる夏の音楽室に

オール5の転校生がやってきて弁当がサンドイッチって噂

友だちの顔を粘土で作りましょう窓の外には燃える向日葵

夏休みの朝のお皿にさらさらとコーンフレーク零れつづける

図書室の床をひかりの赤ちゃんがちろちろ這っている登校日

贋者の鉄人28号を千切れ鉄人28号

カブトムシの角をつかめばかちゃかちゃと森の光をかきまわす脚

先生がいずみいずみになっちゃってなんだかわからない新学期

仏様の御飯かぴかぴ固まってころんと落ちる台風一過

鳥と樹は仲がいいのか午後二時のひかりのなかに遊びつづけて

おみやげの永久磁石をひとつずつもらって帰る工場見学

しもやけでグーが握れぬ登校の朝にしゅーしゅー噴いている湯気

グレープフルーツ切断面に父さんは砂糖の雪を降らせています

モウスコシガンバリマショウが降ってくる桜並木の下をゆくとき

みずたまりぴょんぴょん跳んで覗き込む交番のなかにもみずたまり

蛇っぽい模様の筒に入れられた卒業証書は桜の匂い

陽炎の未来のなかの僕に似た給食係がこぼしたカレー

楽しい一日だったね、と涙ぐむ人生はまだこれからなのに

靴紐を結び直しているときも驀進している夜のすべて

アンヌよ　ウルトラセブンの掌の上でモロボシダンの夢をみている

天使断頭台の如しも夜に浮かぶひとコマだけのガードレールは

にっぽんのクリスマス

ゆらゆらと畳に影を落としつつ丹前姿になってゆく父

次々に葉っぱ足されてむんむんとふくれあがった夜の急須は

部屋中に煌めきながら散っているぬいぐるみたちの冬の通信簿

銀紙のかたまりっぽくみえたのは聖なる夜のこどものお酒

雪のような微笑み充ちるちちははと炬燵の上でケーキを切れば

極小のみかんの破片がまざってるパイナップルの缶詰の中

夜の水溜まりはゆれてなにもかも美しすぎるにっぽんのクリスマス

クリスマスよりイブがえらいのなぜだろうこたつの上でぎんがみをむく

クリスマスの炬燵あかくておかあさんのちいさなちいさなちいさな鼾

夜になると熱が上がるとしゅるしゅると囁きあっている大人たち

ペコちゃんとポコちゃんの笑顔鈴なりの優しい家が燃えあがる夜

しゅしゅうとわからない息吐きながら僕らを撫でるサンタクロース

おおみそかしぼりにしぼったチューブからでかけた歯磨き粉がひっこんだ

大晦日の炬燵蒲団へばばばっと切り損ねたるトランプの札

応答せよ、シラタキ、シラタキ応答せよ、お鍋の底のお箸ぐるぐる

大晦日、もうとれそうな歯をねじる、こんなに、こんなに、こんなに、こんな

裏表ばらばらのままかたづけたトランプねむれ雪のおおみそか

元旦に明るい色の胴体を揉めばぶよぶよするヤマト糊

西陽さす畳の上にむらむらと反り返る十二支の切手たち

日の丸の赤のあかさがなんとなくおかしいエールフランスの地図

元日の朝におろした歯ブラシを刀の如く構えていたり

水道水

ブラウン管にぺたっとつけた足の裏　みんみんみんみんみんみんみん蟬が

パンツ一丁できゅうりのキューちゃんを囓るなんにもない夏休み

ひんやりと畳の上の鯨尺踏んで見ている庭の向日葵

ひまわりの顔からアリがあふれてる漏斗《ろうと》のようなあおぞらの底

ラジオ体操聞きながら味の素かきまわしてるお醬油皿に

こんなにも鳴いているのにみえなくてふらふらしながら靴をとんとん

犬と交換する約束の貯金箱かかえて走るひまわりの道

おいしいわいいわかるいわすてきだわマーガリンを褒めるママたち

スイミングスクールへゆく透明のバッグのなかの抜け殻の蟬

灼けているプールサイドにぴゅるるるるあれは目玉をあらう噴水

レコードの針がとぶのが嬉しくていとこはとことといっしょに跳ねる

ふとももに西瓜の種をつけたまま畳の上で眠っています

金色の水泳帽がこの水のどこかにあると指さした夏

東京タワーの展望台で履き替えるためのスリッパもって出発

青空をみているうちに海老フライ　食べたくなっちゃった海老フライ

世界一高いタワーのトイレから僕らの町に蟻を投下せよ

エレベーターガール専用エレベーターガール専用エレベーターガール

カルピスと牛乳まぜる実験のおごそかにして巨いなる雲

立ち読みの王様となる虫さされの腕に×《ばってん》の爪痕つけて

僕のムーミンを「私のムーミンじゃありません」というトーベ・ヤンソン

ごはんよと声がきこえる絨毯にピアノの椅子を動かした跡

夜ママとおまわりさんが話してるサランラップのなかの赤飯

パンツとは白ブリーフのことだった水道水をごくごく飲んだ

ごきぶりを吸い込みたての掃除機が浮かびあがってくる熱帯夜

素裸で畳の上の蟻たちを見おろしながら剝くソーセージ

ＢＣＧ予防接種の凸凹の肩を照らしに月光がくる

守護霊はいつもみつめているらしく恥ずかしかったトイレとお風呂

ネクターの細いカンカン手に持って海をみている子供の人は

台風が近づいてくる　「一年二組」と書かれていたマヨネーズ

台風からおまえが母さんを守れって云われたけれどあけられない目

チャイムが違うような気がして

それぞれの夜の終わりにセロファンを肛門に貼る少年少女

蛍光灯ちらつくたびにこわいこと起きてるようなわからないけど

解けてゆく飛行機雲よ新しい学級名簿に散らばった㈺

きらきらと自己紹介の女子たちが誕生石に不満を述べる

遠足のバスがどこだかわからなくなってくるくる回り出す空

2号車より3号車より美しい僕ら1号車のガイドさん

ザリガニが一匹半になっちゃった　バケツは匂う夏の陽の下

貯金箱かもしれないと近づいてみた人形はそうじゃなかった

くるくると影を廻してともだちのおねえさんみたいなおかあさん

銀白の雲の塊　女子たちに男子のくせにと責められながら
手の甲に蟻のせたまま積乱雲製造装置の暴走をみる

コックリさんのお告げによればサイレンジカオリちゃんの前世は男

夕方になっても家に帰らない子供が冷蔵庫のなかにいた

書き順のドリルを埋めるお米研ぐ音が聞こえている夏の夜

「大切なお知らせ」の白い封筒が夜のピアノの足下にある

フラダンスの笑顔みながら傾けても出てこなかったお醤油差しよ

意味まるでわからないままぱしぱしとお醤油に振りかける味の素

夏休みの登校日にはお母さんのダイヤモンドの指環を嵌めて

登校日まちがえてきた無人教室には雲の声ひびくのみ

嘗めてみてぴりぴりすれば生きてるとみんな信じていた乾電池

夏服の僕らがみえる黒板の光のなかに散らばった文字

しーしーと蟬たちの声降りそそぐ踊り場に君のげろはなかった

魚肉ソーセージを包むビニールの端の金具を吐き捨てる夏

夕方のこんなに暗い教室のなかに確かにあのひともいる

童貞と処女しかいない教室で磔にされてゆくアマガエル

陽炎の運動場をゆらゆらと薬缶に近づいてゆく誰か

先生が眠ってしまった教室の黒板消しにとまってる蝶

白墨を握って外へ　なんとなくチャイムが違うような気がして

下駄箱の靴を摑めば陽炎のなかに燃えたつ審判台は

水枕の茶色は誰が決めたのか急須の茶色は誰が決めたのか

乗り込んだ西日のなかでふらふらと揺れながら小銭入れをまさぐる

満面の笑みを浮かべてみせているフランス人にフランス人形

月曜ロードショーの翌朝僕たちは、アチョー、ホアタ、と吠えつつ跳ねる

夕闇の部屋に電気を点すとき痛みのようなさみしさがある

絨毯に寝転んだまま夜になる蛍光灯がちかちかしてる

警官におはぎを食べさせようとした母よつやつやクワガタの夜

みずたまりを宙に浮かべてゆっくりと口づけている　さようなら夏

マグカップのごはんに玉子かけている運動会の声が聞こえる

台風を戦争って云いまちがえる癖なおらない　震えてる窓

プチトマトを見たことのない僕たちの合唱祭の「翼をください」

かたつむりの殻砕かれているようなしょりしょりしょりしょり猫の口より

商店街大売り出しの福引のからんからんと蟹缶当たる

お風呂入りなさいと云われていた夜の炬燵のなかにあかあかと蝿

雛祭に招待されてどうしたらいいかわからず人形がいる

「中一コース」年間購読予約して万年筆をもらえる春よ

振り回すブックバンドの『新しい水平線』という教科書を

正の文字散らばってゆく黒板にときめきながら爪を嚙む朝

春の教室で僕らが見つめてる「キャンディーズのレントゲン写真」

握られた竹刀に注意していたら飛んできたのは革靴だった

曲がっても曲がっても曲がっても曲がっても眩しい夕陽が正面にある

一年生になったら一年生になったらと歌う子供の顔が老人

雛壇に誰もいなくてきらきらと笛や刀が散らばっている

ひなあられ指にくっつくゆうやみの小田急相模原は通過駅

約束はしたけどたぶん守れない　ジャングルジムに降るはるのゆき

昆虫に痛覚なしと教えられたる教室の窓の青葉よ

高校に行かせてくれと土下座して転がっちゃった天使のあたま

今日ひとを殺したひとの気持ちなど想像しつつあたまを洗う

母が落とした麦茶のなかの角砂糖溶けざるままに幾度めの夏

蜂鳥、求婚、戦争が止まってる　言葉を習う窓の向こうで

二十世紀の蠅

くてんかなとうてんかなとおもいつつ。をみつめている風の夜

未来を語ることだけに今を費やしてライスお替わりなんかしている

僕たちのドレッシングは決まってた窓の向こうに夏の陸橋

アルバイトするのがこわい扇風機の羽根を止めてる両足の指

五寸釘はどこへいったと酔っ払いに訊かれる夜の新宿御苑

私の歩みにつれて少しずつ回転してゆく猫のあたまよ

夜の低い位置にぽたぽたぽたぽたぽたとわかものたちが落ちている町

カラオケのトイレの鏡に手をついて笑顔のままでねむった2秒

海中の鍵付き箱を脱出して女になった引田天功

そのなかに眼鏡浸せばぴかぴかになるという水に向かって歩む

天皇は死んでゆきたりさいごまで贔屓の力士をあかすことなく

冬の窓曇りやすくて食べかけの林檎ウサギはその胸の上

ウエストに金属製の巻尺をべきべきと巻きつけて冷たし

さみしくてたまらぬ春の路上にはやきとりのたれこぼれていたり

気がつけばトーテムポールがぐちゃぐちゃに進化している夜の校庭

ばらばらに流れはじめる校歌たち三つ通った小学校の
溺れそうな西陽のなかでゆるやかに回転寿司の回転止まる

熱帯夜のＡＴＭの液晶の女子行員が金髪である

「なんかこれ、にんぎょくさい」と渡されたエビアン水や夜の陸橋

人ごろしの血を吸った蚊がいずこかを漂う空の青きひかりよ

ステレオの針を取り替えないままに世紀変わって混ぜる納豆

一〇〇〇円をSuicaにチャージする夜も人魚の指環は濡れてるだろう

ググったら人工知能開発者として輝いていたキャロライン洋子

ナタデココ対タピオカの戦いを止めようとして死んだ蒟蒻

二十世紀の蝿がたかっているような石鹸を手にとれば泡立つ

キヨスクから都こんぶが消えてから数年のちに消えたキヨスク

手書きにて貼り出されたる宇宙船乗務員性交予定表

おトイレのドアを叩いたことがないわたしは冷酷なひとりっこ

堀(美)主任がハンドクリーム塗りながら階段降りる避難訓練

異議なしと呟くときの目の前のスプーンにぐんにゃりとシャンデリア

饅頭を買いに出ようと思うけど浴衣が板のようにパリパリ

アルコール、カロリー、糖質無しというビールの幽霊飲んでしまった

床の間のテレビに百円入れるときなんかこわれているような音

髪の毛がいっぽん口にとびこんだだけで世界はこんなにも嫌

もう一度チャンスをくれと云いながら鹿せんべいを買いに走った

覆面はどこで買えるか訊いているサラリーマンがサラリーマンに

夜ごとに語り続けた未来とは今と思えばふわふわとする

どうしても芯の出し方がわからないペンを戻して売り場を去りぬ

三十五歳までならあなたの背は伸びるマイクロフォンが叫ぶ夕映

胡桃割り人形同士すれちがう胡桃割り尽くされたる世界

リニアモーターカーの飛び込み第一号狙ってその朝までは生きろ

病原体、細胞培養、カタツムリ、私（私達）は家畜のそばにいた…はい□いいえ□

ルービックキューブが蜂の巣に変わるように親友が恋人になる

オオカミの胃液と血とに全身を濡らしてあゆむ赤ずきんちゃん

分別のためひとつずつたしかめる燃える人形燃えない人形

ほほえんだ蠟人形の舌の上に散らばっている口内炎は

人工透析で長生きする例もないこともないこともないこともない

心臓マッサージは強く肋骨を折る勢いで(折れてもいい)

台風の迫る夜明けにシャープペンシルの消しゴム激しく使う

超長期天気予報によれば我が一億年後の誕生日　曇り

家族の旅

お茶の間の炬燵の上の新聞の番組欄のぐるぐるの丸

金魚鉢の金魚横から斜めから上からぐわんとゆがんでる冬

犯人が崖から墜ちて、母は云う、あれ、あのひとは死んだのかい

ああ、死んだ、父は応えて、厳かにポットを鳴らす、うぃーん、ぃーん

カレンダー捲られぬまま「幸せは洗う茶碗が二つある」とぞ

おまえの名前はなんだっけ？　繰り返し繰り返し訊く子のペンネーム

ぐるぐるの丸がいくつも散らばった番組欄は今日も濡れてる

冷凍庫の奥の奥にはかちかちに凍った貯金通帳の束

ちちははが微笑みあってお互いをサランラップにくるみはじめる

結婚してくれるひとはいないのかい、　いないのか、　いないのかい、　いないのか

小の字になってねむれば父よ母よ2003年宇宙の旅ぞ

闇のなかうすめあければきらきらとサランラップの父母のきらめき

ぱくぱくと口は動いているものを、　おとうさん、　おかあさん、　ぼ

つやつやとサランラップに包まれた掌《てのひら》が我が頭《こうべ》を撫でる

蜂蜜の壜を抱えてうっとりと母はテレビをみつめていたり

飛ばされた帽子を追って屋上を走れば母の声父の影

サランラップにくるまれたちちははがきらきらきらきらセックスをする

生きたいように生きなさい　ほほえみに隠れてしまうちちははの顔

ぱくぱくと口は動いているものを、　おかあさん、　おとうさん、　ぼ

火星探検

突き当たりの壁ぱっくりと開かれてエレベーターの奥行が増す

初対面にしておそらくふたたびは会わぬ従妹の息の白さよ

月光がお菓子を照らすおかあさんつめたいけれどまだやわらかい

お誕生日おめでとうと記されたカードが燃えあがる胸の上

母の顔を囲んだアイスクリームが天使に変わる炎のなかで

箸立てたごはんを抱いた叔父さんがエレベーターにうつむいている

おばいとこはとこのための江戸前のつやつやとしてひとつさびぬき

今日からは上げっぱなしでかまわない便座が降りている夜のなか

髪の毛をととのえながら歩きだす朱肉のような地面の上を

棺打つ石を探しに来たけれど見渡すかぎり貝殻ばかり

ゆめのなかの母は若くてわたくしは炬燵のなかの火星探検

冷蔵庫の麦茶を出してからからと砂糖溶かしていた夏の朝

新しい髪型

海光よ　何かの継ぎ目に来るたびに規則正しく跳ねる僕らは

戸袋がなんかやだった蝙蝠と蜘蛛と蜥蜴が混ざりあう闇

母のいない桜の季節父のために買う簡単な携帯電話

あ、一瞬、誰かわかりませんでした　天国で髪型を変えたのか

賞味期限が3年前の明日であるプリンを父が私の前に

あんなにもティッシュ配りがいたことが信じられない夕闇の駅

最近の肩は改良されたのか子供の肩ってよく抜けたけど

新訳『星の王子さま』たちの囁きのなかを横切る旧訳のキツネ

新しい髪型なんだか似合ってる　天国の美容師は腕がいい

死ぬ前に登ってくると父さんが出かけていった快晴の朝

ぶご

カーテンに蜘蛛がいますと書いて目を上げたときにはもういなかった

吹きつける月のひかりが一瞬で洗濯物を乾かす夜だ

吐いている父の背中を妻の手がさすりつづける月光の岸

冷えピタを近づけてゆく寝息から考えられるおでこの位置に

さよならと云ったときにはもう誰もいないみたいでひらひらと振る

かぐや姫の声降りそそぐ月光のなかではなぢにかわるはなみず

わはははと手を打ち終えた瞬間にぶごといびきをかいている父

鬼太郎の目玉おやじが真夜中にさまよっているピアノの上を

ころころと蜘蛛が歩いてゆく先に月とか太陽とか宇宙とか

いろいろなところに亀が詰まってるような感じの冬の夜なり

クリスマスイヴの鮨屋に目を閉じてB‐29の真似をする父

生まれたての僕に会うため水溜まりを跳んだ丸善マナスルシューズ

水筒の蓋の磁石をみつめいる我等の頬にあおぞらの影

真夜中に朱肉さがしておとうさんおかあさんおとうさんおかあさん

水中翼船炎上中

「富士山じゃない?」とは口に出しませんちがっていたら恥ずかしいから

春のプール夏のプール秋のプール冬のプールに星が降るなり

嗚呼首輪ひっぱらないで犬がゆがむまざってしまうふたりの星座

「髪型をなおすイエス」の像を見よ焼け跡めいた公園通り

鮮やかなサンドイッチの断面に目を泳がせておにぎりを取る

真っ青な空のひかりのどこからか僕のあたまに降ってくる蟻

東京タワーの展望台で笑ってる子供の僕の蠟人形よ

今日は息子に「ひかげ」と「ひなた」を教えたというツイートが流れる夜は

春巻に小さな海老が透けているぼくらの町はもう亜熱帯

さらさらさらさらさらさらさらさらさらさらさらさらさらさらさら牛が粉ミルクになってゆく

スプレーで瞬間的に凍らせたゴキブリたちを棄てる未来へ

流れよわが涙、と空が樹が言った警官はもういなかったから

壜詰のアスパラガスのなんだろうこの世のものではないような味

「この猫は毒があるから気をつけて」と猫は喋った自分のことを

なにひとつ変わっていない別世界　あなたにもチェルシーあげたい

菫色の瞳を閉じて語りだす神父は巨大蚯蚓について

君と僕のあいだを行ったり来たりしてガリガリ君は夏の友だち

ぬいぐるみたちがなんだか変だよと囁いている引っ越しの夜

カーテンもゴミ箱もない引っ越しの夜に輝くミルクの膜は

すれちがう人が水着で自転車を漕いでいるから海なんだろう

キーホルダーからキーホルダーへ鍵たちがぴょんぴょん飛んでゆく夜の旅

あいしあうゆめをみました　水中でリボンのようなウミヘビに遇う

階段を滑り墜ちつつ砕けゆくマネキンよ僕と泳ぎにゆこう

ハミングって何と尋ねてハミングをしてくれたのに気づかなかった

舌の裏に置いたり腋に挟んだり肛門に挿したりのミサイル

シャワーコインのカウントダウンのデジタルの数字が減ってゆく泡の中

受け取った号外ばたばたはためいて止まぬ眩しい海の駅にて

熱い犬という不思議な食べ物から赤と黄色があふれだす夏

海からの風きらめけば逆立ちのケチャップ逆立ちのマスタード

「これちょっと嘗めててくれる?」湧きあがる雲の真下のレンズひと粒

かりかりと猫が何かを食べている　その横を抜けて燈台へ　蟬

からっとへくとぱすかる愛し合う朝の渚の眩しさに立つ

さっきまで食べていたのに上空を旋回してるホットドッグよ

うすくうすく波のびてくるこの場所が海の端っこってことでいいですか

太陽に目を閉じている　褌で立ち泳ぎした祖父の未来よ

生きているレンズのような水母らのきらりとひかるきらりとひかる

スカートをまくって波の中に立ち「ふるいことばでいえばたましい」

僕たちの指を少しも傷つけずホットドッグを攫っていった

日の丸を海に浮かんで見上げてる眼鏡の上に水中眼鏡

ぬいぐるみたちは電話《テレフォン》ボックスを宇宙ロケットだと思い込む

真夜中のスマートフォンに囁いている基地からの距離を知るため

海に投げられた指環を呑み込んだイソギンチャクが愛を覚える

Special thanks to

Editor
Kazuko Horiyama, Yoko Mita

Proofreader
Yuko Asakawa

Book designer
Naoko Nakui

あとがき

子供の頃、水中翼船に憧れていた。学習雑誌や絵本の中に未来の乗り物として恰好よく描かれていたのだ。でも、二十一世紀になった今、活躍しているという話は聞かない。水陸空を自由に移動できる夢の乗り物、という私のイメージは間違っていたらしい。

人間の心は時間を超える。けれど、現実の時は戻らない。目の前にはいつも触れることのできない今があるだけだ。時間ってなんなんだろう。言葉を持たない獣や鳥や魚や虫も老いて死ぬことが不思議に思える。猫も寝言を云うらしい。私の言葉はまっすぐな時の流れに抗おうとする。自分の中の永遠が壊れてしまった今も、水中で、陸上で、空中で、間違った夢が燃えつづけている。

二〇一八年四月一〇日

穂村　弘

穂村弘（ほむら・ひろし）

1962年、北海道生まれ。歌人。1990年、歌集『シンジケート』でデビュー。現代短歌を代表する歌人として、その魅力を広めるとともに、評論、エッセイ、絵本、翻訳など様々な分野で活躍している。2008年、短歌評論集『短歌の友人』で第19回伊藤整文学賞、連作「楽しい一日」で第44回短歌研究賞、2017年、『鳥肌が』で第33回講談社エッセイ賞を受賞。他の歌集に『ドライドライアイス』、『手紙魔まみ、夏の引越し（ウサギ連れ）』、『ラインマーカーズ』（自選ベスト版）等がある。

水《すい》中《ちゅう》翼《よく》船《せん》炎《えん》上《じょう》中《ちゅう》

二〇一八年五月二二日　第一刷発行
二〇一八年八月　三　日　第三刷発行

著者　穂《ほ》村《むら》　弘《ひろし》
© Hiroshi Homura 2018, Printed in Japan
発行者　渡瀬昌彦
発行所　株式会社講談社
東京都文京区音羽二-一二-二一
郵便番号　一一二-八〇〇一
電話　出版　〇三（五三九五）三五〇四
販売　〇三（五三九五）五八一七
業務　〇三（五三九五）三六一五
印刷所　凸版印刷株式会社
製本所　大口製本印刷株式会社

定価はカバーに表示してあります。

本書のコピー、スキャン、デジタル化等の無断複製は著作権法上での例外を除き禁じられています。本書を代行業者等の第三者に依頼してスキャンやデジタル化することはたとえ個人や家庭内の利用でも著作権法違反です。

落丁本・乱丁本は購入書店名を明記のうえ、小社業務あてにお送りください。送料小社負担にてお取り替えいたします。

なお、この本についてのお問い合わせは、文芸第一出版部あてにお願いいたします。


ISBN978-4-06-221056-0